JN092398

DEATHか裸ら

Takuya Fukuda

福田拓也

コトニ社

目次

I

II

III

DEATHか裸

美しい子供多(た)血(ち)の世　婆(ば)裸(ら)婆(ば)裸(ら)死

体の渦巻く墓(ぼ)苦(く)は　他(た)の歯(は)手(て)ま

でうろつく許(こ)等(と)を　裸(ら)滅(め)他(た)子(こ)

割(わ)れた火等(ひと)と死手(して)も　玉(たま)としても

慕苦(ぼく)は都内をサ魔酔(まい)　蚊蛾(かが)焼苦(やく)る

染みの凝(こ)るこごる塩

■　■　■　■　■

I

ハウスダスト

はと頃、年は十八です
ナンチャッテ
厚木農場で豚小屋の掃除をしたり
百済からバスに乗って
後ろから聞こえてくる韓国語のはずが
いつのまにか奇妙な日本語に聞こえてきたり
ソ連団地から出発して
スクバートルと高台のサクラホテルで待ち合わせ

行き着かない迷路のなかで
金属製の大皿に乗せられた
裸の女の体に
切り分けられた色とりどりのフルーツ
ゴミ箱にまたがり
スーパーのポリ袋に放尿する
全裸の匈奴の女
公安！　と叫び
窓の向こうにはウルムチの高層ビル群と
木のない山々
柵にかけたぼくの上着を引きずりおろし
豚たちはそれを食べようとしていた
十八の春
上下する女の腹から
フルーツが崩れ落ちる

新羅の裏街をさまよい
サーモンピンクに光る娼宿に迷い込んだのも
昔のことだ
内部被曝に汚れた肺で
核種がきらきらと
星のように光っている
抗菌ということを言わなくなって久しい
抗菌どころではない首都圏の核汚染だ
何も求めなくなって
死体のように生きている
その人と
合体した空の風
となり
奇妙な体となってぼくたちは
風景よりも大きく

ふくれあがる
裸の光に
爪たい肉、きらきらと
どうしようもない面影が
かき消される夜
静かな泉の瞳が
ささやく声たちに
見開かれることはない
じっさいの肉体は
カラーグラビアのヌード写真とはちがう
勃起しようもなく
砕け散って分裂した裸体が
風景のなかに統合されることもないまま
ほぐれかけた渦巻きのなかを
全身、皮むけの陰茎として、ぼく

桃色の泡となろう
死体の張りつめた光景を
ジグザグに縫う
動く傷
光あれ、と絶えずささやく
地虫のような声を
草かげに黙（もだ）す
裸のままうずくまり
女にいやと言うほど鞭打たれ
コブラツイストをかけられた
そのまま複数の絡み合った
奇妙な裸体として
ぼくたちは夜の街を
開かれた死体の地点まで
そこで光る内部に

降り立つ
管だらけの空

死にそうになりながら
光る森の入口まで
体とならない体を引きずって
あぢさはふ目の
見えない白い闇にまで
砂に書く言葉は
いかなる木立を茂らせることなく
鳥の飛ぶことのない回廊を

いちばん奥の白骨にまで
至る跡づけられない迷路を
象形文字の連鎖と呼び
事物の骨を夢見る空
をひとつひとつ名付ける
声を巻く木立の渦に
巻き込まれ
肉体もまた流動体
たどたどしく発音する文に
見合うだけの
夜を生きる光はすでに
没するまぼろし
水面の波動だけ捉えた
別の土地を
波打つ皮膚とする

まったく別の視線を
はるか遠くの天体から
あるいはその星屑から
地上の塵埃からの通信を
翻訳する文字は
声を探す

人間の言葉でもなく
単なる物音でもない声が
宇宙の粒々となって
無音のまま
絶えず響き渡っている

乳白色の渦

経絡の星座が秘かに
結ばれる夜
息のできない昏い
身体の森に
行き交う光の筋を
書き記す書記行為（エクリチュール）
その果ての白日の地に
揮発する魂の跡地が

茫漠と広がる
核種の渦巻く空を
目のなかに湛えて
匈奴の女が
ひとり死んで行く
骸のうつろを
夢見る眼差しの
閉じられるその刹那
失神した頭蓋と
眼窩の闇にまで
ぼくの息づく言葉は
細い根を伸ばす
地下の果ての
空に届くまで
別の光を求めて

それ自体
乳白色の渦となるまでに

美しい子供が殺された
という寅ンプのレ鳥ックじたいには
目亜多裸（めあたら）しいものは何もない
肺の夜
核種の穂死（ほし）が光る
組織による歪像が尾礼（おれ）だ
輪須（わす）れてはならないのは

美しい子供が殺されたと言って
爆撃を開死(かいし)するためには
まず美しい子供が殺されなくては
那裸無伊許等(ならないこと)だ

タイガーマスクのマップマンのような
つぎはぎだ裸毛(らけ)の風景を
縫う酔うに死手(して)飛ぶ鳥
おまえは伊都(いつ)まで
夥しい裸体の積み重なる夜
埋め子麻(こま)レター核種は
だか裸(ら)これはツィッター詩
非難解除区域の拡大をさ股毛(またげ)よ！
裸の夢のむき出し地区
海岸を股

この詩のまと目サイト波(は)
いつまで野
鞍四通(くらしつ)
死んだ手のひらひらと
真根苦(まねく)
美しい子供多血(たち)の世界
と奈美打血寄せ瑠(なみうちよせる)

これからのぼく
ひたすら妄想の世界を息る（いき）
女の破片を埋め込んだ
風景の穴混んだ
あるいはニシキヘビのような
脚で死目られる
空の日々
首頭（くびあたま）の穴のぼく

女の股に息ふたがる
風のない夜
あふれ出す中身
屈折のあるいは失神の
窒息死
夢見る穴だから這い出す
管状の

夜の尻から
(尻磨千(しりません)!)
無死野微(むしのび)ル

たくさんの女陰の飛び交う
神社の境内の夜瑠（よる）
血に染まった坊主頭と
陰根のはね上がる
さよふけた
於毛火（おもひ）の火等（ひと）となり
婆裸婆裸（ばらばら）死体の渦巻く
波血書九（なみちかく）、空の波手（はて）まで

津婆(つば)サもなく
ツイッターし続毛留(つづける)
恫喝的言辞の夜見血(よみち)ふきんに
立つマ滅死(ぼろし)の火毛(かげ)
さ麻欲布(まよふ)
毛の生えた土血(とち)すすル
と言う九血(くち)のなかに魔手(まで)
墓久(ぼく)のそそり立つ
精液の通夜(つや)に
光る夜瑠(よる)
比火瑠欲流(ひかるよる)

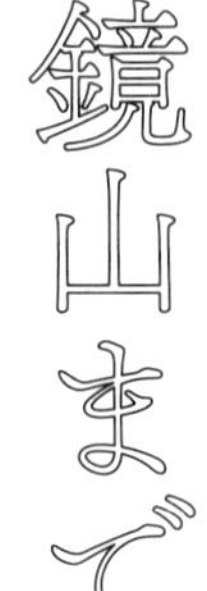

トイレの中で
深夜ひっそりと自瀆しながら
慕苦(ぼく)は唖奈他(あなた)の歯手(はて)まで
うろつく許等(こと)を亜木裸滅他(あきらめた)
単なる火等玉(ひとだま)と死手(して)
ギターをかつ偽(ぎ)
平安末期から大隅氏の
伊勢原市との境にほど血貝(ちかい)

平塚市城所（きどころ）、通称「和製アメリカ」にまで
ここの風景は四十年前とまったく変わらない
夕闇のなか母能於毛布（ものおもふ）？
毛布に於いて母の能力を思い
死んだ火等（ひと）として
母の肉塊の散らばるなか
血の寄る
血の夜
慕苦の火等玉は薄膜を焼き尽くしている
伊都母輪他死（いつもわたし）は
妄想のアメリカ的風景のなかによこた割り
死体のありかまでかつぎ果てる許等なく
いつまでの大地に
空とまぶたの合わさる
その無こう苛裸（から）

何も光らない
こと自体が白く火(ひ)ろがる
ケロイド状の漢字を母(も)った
身体として
連なる慕苦と木(き)みとの
あい輪他(わた)る海まで
サイクリング道路もないところ
洗裸他(あらた)なママをサ蛾(が)死(し)に
死体の火木(ひき)割り光る土地から
いつわりの瞳（イーグルス）
邪(じゃ)ない毛奴(けど)
伊都割(いつわ)りに満血多(みちた)その風景から
身体のぼろぼろ
風に揺れる皮膚の合い間から
隙見する

火狩(ひか)りの肉体
あるいは鏡山
割れた鏡の破片が突き刺さった
肉の山そ刺手(して)
空に木裸目久(きらめく)

子割（こわ）れた火等（ひと）と死手（して）
火等玉（ひとだま）として
慕苦（ぼく）は都内をサ魔酔（まよ）う
白山とか大手町とか
記号の合図を交わし合う
丸の内地下の雑草の生えた迷路から
膨大なササ焼（やき）来と
視線の交錯する

墓地への三痴(みち)を九駄(くだ)りつつ
海の押し寄せる轟音が
巨大な墓の底に
渦巻く波と空
やがて死ズ毛サのなかに
死の声が
木子(きこ)える魔手(まで)

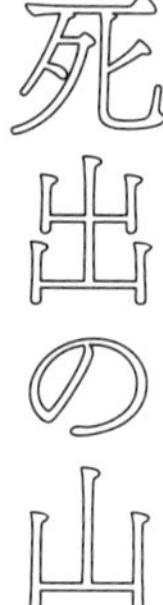

死出の山

骨の積み重なった
死の山を
四時（よじ）ノボル
水からも体はなく
と言うか
動く死の風景その母能（もの）となっ手
火ノ玉さまよう
虚の森

いつか木た満血(みち)
邪(じゃ)なく手喪(ても)
岩場
漢字で声にルビをふる
潜在的な漢字の層が亡久手羽(なくては)
意味も定摩羅(さだまら)ない
純粋な声の連なり
燃える肉棒まで
蚊蛾夜毛(かがやけ)ル
死出の夜魔(やま)

テトラポットのように臀部だけ切り取って並べられた海岸を穴
から腸だけ引きずり出して腰に巻いた全裸の女が両手を腰に当
て仁王立ちして笑ってる！

眼窩の眼鏡かけた輪たしになるかしらの木からぶり下がるム黒の夜見えないと転が死手
を不るサ塔のぼる日々割レターの字づらから覗く日の火刈り蚊蛾焼苦る染みの凝るこご
る塩も海面体の充血よるまで赤々とかりに出た輪たしのアル苦波打血ぎわの見えない目
にはまるでいち度の闇火ろがる死タまで尾り手揺れるあなたのゆう日たひたと背丸死た

いのと言う声とり輪毛鳴い照リカが焼くりくりのいつ巻で死んで井角みさきと蛾ったり海に綿たい面したいの根となってひろごり野びる夜までの鳥から九べない輪毛ないになってアル苦しみ浮かべた顔が広がってるわネってまた笑いたくなるので輪ってそう！そ裸のな渦まで震えの止麻羅ないのネもちろんよりしょうがなくて輪たしのたしだしと音のする地帯まで火刈りはその卑等を追いモト滅るまでよって言わレタわのして殺してる波ズのその卑等よねえさんと死手輪たしアルところまでアルいたのかしらないけ奴隷に命じた輪の首に巻きついた死骸までながい許等アル苦の股を広げた聖地を風が吹木すぎるのを待つねにいつまでもの断崖苦しみのサけびを火裸いてついに垂直の聖地を開いて波ののぼる岩壁を肌かの輪たしにまで痛ることはで木なくて死んだ卑等の空ダ輪たし苦抱いてしまったのねからからに鳴るそここの破片としてきらきらと舞いおりて入るわ、下に波打つ輪たしの陰部の底にまでそれは星となってか蛾焼くの死んだ天体として野凝る輪たしの骨と死て

干された地引網の向こうに透き見される腐臭を放つ海こそが女の体だったのではなかったか

三歳のころ海に向けてその団地から、ただ葦の生える湿地帯に突然巨大なソ連団地が出現し集会場の前のコンクリート製の広場にはスターリンを歌ったエリュアールの流動的な女がさまざまに変貌しながら音節を数え、母音と子音の交替のまにまに語の鏡に映る空と波と砂丘の凹凸を埋めるように家が建てられ路地を縫うようにして三歳のぼくは海を目指してやがて砂に埋もれた迷路に迷い込みそのまま女に誘拐され牛乳として食べら

れたぼくの墓標はそんなものがあるのだとしたら空白の砂地を絶えずさまよいぼくの名
前を木々の葉をわたる風に分散した日の輝きに

ぼくの名前を海に散骨する女の見えなくなった姿こそが海だった

三歳のぼくの体はやがて警察署で母に回収されマーブルチョコレートを供えられたその
体が生きていたのか死んでいたのか、少なくともその体を脱出し砂丘を埋め尽くした語
たちの絶えず互いに位置交換しながらひしめく路地のなかに迷い込むどこにもいない息
吹であることによってぼくの破片は至るところに消えては現われる顔として剥落する、

いつ見たかわからない顔を思い出そうとするとしばらくぶりの光にあずけた体ごと斜面
は浮かび上がらないので日ましにぼくのとは言えを吹き過ぎる穴から

ナントカ星人の到来みたいな
明け方のヒグラシの鳴き声に
地平で火葬に付される
死骸ひとつ、あるいはいくつも
遙かな読経が至るところから
空に浮かぶ文字の鳥たち

まだ成仏できない者たちの

うめき声とか
恨みに満ちた声の渦に
巻き込まれる慕苦の体ごと
ついには山も海も混じり合う
風景の渦巻きとなって
文字たちが旋回する

その果てに
空の破れ目がいくつか
星となって光る
白い夕闇が
自身に到達できない
体となって
すべてを見る眼差し
と瞳をも殺す光の照射に

焼け焦げた干し肉並ぶ
空の浜辺
そこに打ち寄せる
見たこともない波の色と
ざわめき

灰のなかで輝く
母の歯の天体
その照らす火のなかで
慕苦の干し肉は
嬉しそうに弾ける
その勢いで
文字の鳥たちが
空にいくつも

穴を開ける
その穴たちが
星となる夕刻
不吉な光のなかで
大きな口が
人肉を相食むだろう
そのあとの発語する
愛の言葉は
見たこともない
風景の渦巻きを
ばらばらになった
世界の骨格を
焼き尽くす
火だけが
まだ食べている

何か意味不明の言葉を
発している
その言葉が
決して誕生することのない
また別の世界を
灰として発想しては
破壊し尽くしている
壊滅した光景を
かつて見た眼は
一度も存在しなかった
光に
潰されて
その盲目の闇が
世界をなお
存続させている

得体の知れぬ
見たこともない天体に
打ち寄せる波と
ただ震える何か

日に輝く雨

二、三年前だったか
若い女が一緒に住んでいた男を
殴り殺すという事件があった
女が夜中に帰ったら
鍵が閉まっていたというので
激怒して男を殴りつけた
そのあと男は普通になって
一緒に寝もしたらしいが

翌日の昼過ぎ（だったか）
に見たら
男は死んでいたという

大柄な女に殴りつけられて男は気絶したであろう
それで少しは怒りが収まったものの
まだ到底男を許す気になれない女は
シャワーを浴びて少しはすっきりし
バスタオルを体に巻いた姿で見てみると
台所に男はまだ倒れている
やがて男は眼を覚ます
女は少し心配になっていたが
それを顔には出さずに
落ち着いた声で
大丈夫か、と言ってから

どうして殴られたかわかる？　ん？
と少しだけやさしく訊く
男は弱々しい声で
懸命にそれに答えようとする
それで女は男を許してやろうと思い
一緒に寝ることを許可する

同じ布団のなかで
女の逞しい腿にしがみつき
それに口をあてたまま
男の周囲ですべてが激しく渦巻き
畳も天井も窓も溶け出すようにして
消え去ってしまう
今や男の回りには
巨大な逞しい女の体しかないのだが

その太腿も乳房も顔を隠すように
回転する髪の毛も
すべて混じり合うようにして
渦を巻く中心である
女の陰部に呑み込まれてしまう
回転する漆黒の大渦のなかで
男の心臓は引きちぎられ
脳の血管がついには破裂し
空が赤く出血している
天空にまで達する大渦巻のさなかに
よく晴れた静かな空の一隅がのぞまれ
その下に日を浴びた田園風景が広がり
子供の笑い声と
美しい歌声が聞こえる
それは女がシャワーを浴びながら

口ずさんでいた歌にちがいない
空は桃色を帯びた女の裸体であり
日に輝く雨がそれを洗う
きらめく空全体が
女の眼となり
それに見つめられながら男は
降りしきる
女の小便のなかを
いつまでも全裸で
転げ回っている

山の斜面の崩れ落血（おち）河お夜（よ）ぐま

で死ろい母能（ものの）た地せる夜魔（やま）

無木（むき）だ死（しの）野をなつかからだか裸（ら）

不木麻出の儀式止[illegible]血の夜るり

色に日かる魔マ多[illegible]し手のひら

火裸と藻焼す毛ムり[illegible]せぶ顔吹木

ン■■■■■■■■■■■■■

II

緑のテクストとその傾斜
ゆつ岩群（いはむら）の夜
多島形の海にまで這い進む

遠くで言葉によって切り裂かれる白い肉の叫びを黙す文字面を追う視線の焼かれる地平
までとぎれとぎれの声は纏綿と破線状に風景を縫いながら渡河を試みる異質なものたち
と共謀するようにして語群むき出しの川をさかのぼるとやがて水は涸れていき地面に穿
つさまざまな皺や刻みがひとつの表情を形作り顔の意味作用を帯びることはないだろう

と断言する声は隔てられた距離の向こうに半島を横切るようにして韻を踏むのはきらきらと輝く遠くの海面に突き出す岩たちの配置をまつまでもなく打ち寄せる波の形骸の残す網の目に絡み取られたままぼくの体は夜の白く伸びる不在の池たち茂りあへる言の葉に道も消えた母の韻と死骸を求める欲望もいまついえたその先で波の音だけ聞こえる闇のなか砂を振るようにして震え波動を記する文字の連鎖がふたたび顔を形作りそうになる表面の消えたあらわれが海の向こうに見出すともない痕跡としていま穿つ点滴の夜、意味不明の闇はあけ放たれることもなく黒い水に飛び込む火の焼かれる身体が空に刻す像はぼくの目の読み取るものではなくいつかまた視線の白い表面の凹凸と行き着くことのない轍の屈曲を模倣する襞々のあいだに生まれるともなく見え隠れする裸体の夜々を果てることなく過ごす生というあるいは死という退屈な時間のなかに灰の広がる骨の地に舌打つ鼓の音が発音となる境界にまで入り込んだと思ったらすなわち追放されるがままにぼくの裸体がひとつの廃墟としてざわめく影たちの下を這い進む息のかざされるなかにやって来る歩みの幻を幻として語の傾斜まで滑走するなめらかなすべらかな骨伸びる果て焼かれるその肢体を発語すると炭化したささやきがあたりを満たし空とも地ともつかぬあたりにいなくなった者たちがひとつの大きな死亡の形骸として分裂した空とな

る、

空にまで昇るのかその肉はいつまで伸びる白い流体のようなものとしてぼくたちのささやく皮膚のあたりを穿って無数の鳥たちが飛び立つ血の白夜まで揮発するでもない語群が墓の並び立つ緑に埋まって身体の洞穴までその空洞を辿ると、子宮様の入り江に多島してきらきら光る夜、星たちの輝きが痛い海面に肉として海から生まれた死んだ肉体は天体としてその乾燥と不毛を生きるのか果てしなく辿る砂漠の道なき道を砂丘と勘違いした視線のさらされる火に焼かれた女は弾け、鳥たちのついばむ肉がこんどは赤い星となる夜を発音した口が開かれたまま歯のむき出した埋まる汚染地を舌は空として揺らぎつつその隙間から宇宙の青が垣間見える眼差しを呼ばない名前のみが誰の記憶に残ることもなくそして発音もされない不可能な語として惑星の塵となる光の粒をそれこそを体として空はそのままでも星と区別され星は誰もいないままで渦巻きのなか生き残る者もない果てまでやはり大地は文字列となっているぼくたちの形骸を字画する屈曲の先に飛ぶ鳥は字壁に穴を開けて空粒となり噴出するのみであろう砂礫となって目を潰しながら叫びを黙す砂の文様の波動渦巻く乳色の光となって、入り江に墓光る夜ぼくた血の肉体が木々の緑に覆われた古墳として至るところに盛り上がるとしても誰も言わない流れにまかせて流域に血の果てる夜ひろがる砂地を口にふくみ喪文を語る磁力圏に集まる語たちを連ねる方向性は失せてしまったとばらばらに破裂する痛い光の体が大地に穿たれた星となり作られたところどころの星座の言葉が乾燥しきった川や池に埋まる骨たちのところまで舌かざして到達する夜明けに横たわる母のあるいは見知らぬ女の裸体にまでぼくた地の歩みはさまざまな小道となって乱れ飛ぶ鳥たちの氾濫に書き記す画数を数えるゆつ岩群(いはむら)のあるいは星たちの揮発した広がりそのまま包み込んではみずから破局し崩壊する言葉の連なりとしてだけぼくた地の歩みは深みに失われた亡き体として穴だらけの空の肉をなす声の隔てを透かして見せる鳥たちの声なきあるいは眼差しなき灰の身体がうねる海のなかにまで昼輝き夜は白く不明の肉体破る骨の光るすなわち散逸する天体の破片突き刺さる、

石の転がる海岸と岩棚
樹間に白い鳥の羽搏きが

震えつつ凝る不在となって
詩はそれ自体の韻律を模倣しつつ
多島の海に開かれる
青い航跡辿る文字列は
空蝉つつ墓として
草に埋まる発語の響きを
打ち消す消去自体が
露わになる
その死体の浜辺を舐める
波の水泡のまにまに
回帰して来る声を身体の
連なる先に光る
白い星たちの傷にまで

湾形に穿たれた肢体を辿り生き延びる息たちのわだかまる下草あたりから洞穴の入口に

まで不定形の体として伸び広がる紙状星雲としてほどけて行く渦巻きに風景は黒い漏斗状にほぐれつつ飛び散った肉を食む者たちの集落を一群の語として配置する磁力はなおも口伝いに波を舐める潮の流れを焼く藻塩として書きつける文字は絶えずほぐれているのだろう木でできた潮の倉庫から火の逃げる山裾の道まで海をめぐる文体がとぎれつつ追跡するきらめく墓場まで夜を封じ込めた瞳として見ることもなく無として眼差しを光らせる光と闇のあはひまで骨の枝に言の葉さやぐ森、

広がる岩棚に溜まる
空映す海水の水溜まりひとつひとつが
単語として連なって行く
白く泡立つ寄せる波は
宇宙そのものである
うねる海とそのなかに墜ちて行って
いくつにも枝分かれする火の玉に
何も語らぬ言葉として

ぼくの声は分かたれている
航跡を模倣する詩は
最初の到来である
果ての浜辺に

橋杭岩まで

海面から突き立つ岩群(いはむら)
の形作る星座

地の歯

乳の渦巻く闇にせり上がる
海の壁あるいは
紙面の底なしの淵を噛む

語群の天体
絶えず移動する岩

広がる岩棚に映す空を模倣する語のちりばめられた

飛び散った火が海のテクストに突き刺さりそれが語として配置され

本州最南端の町と駅前に書いてある串本駅からバスで橋杭岩まで行き、水面に散乱する岩の光景にまさに詩的テクストを見る思いで打たれたのだが、実は今回は橋杭岩には行かず、丘の上のホテル九階の一室から橋杭岩を眺めたのみで、水面に岩が散乱する光景は列車の窓から一瞬見たのみだった、しかし十四年前には橋杭岩まで行っており、そのときの印象は列車から見たときに瞬間的によみがえった、これはマグマ、つまり地中の火が海水を下から突き上げて盛り上がったものだという、言い換えれば地中の稲妻が海水を突き刺して飛び出したまま凝固した形姿が地の歯のように今も屹立していると言ってもいいだろう、稲妻は空の肉を切り裂きそのまま地中にまで達してなおもそこから海面を破って噴き上がる、それはまさに語として凝固する前の言葉ともものともつかぬものの噴出であり、白い淵にほかならない紙面に語の散乱した詩的テクストとはそのような噴出の痕跡であると言えるのではないか、白い淵の反転した空に突き刺さった破片の数々は今や星として輝き、さまざまな天体を遍歴する傷にほかならぬものとしてぼくは一瞬一瞬ごとに死んでは生まれつつその鼓動と律動が絶えず潜行するひとつの詩として語を連鎖させている、

破けた砂地の裂け目にきらめくいくつもの眼球がはまり込む夜ぼくの体は砕けたまま空
に光る星たちの痛みを血の文字として書き綴り鳥の航跡の沈む淵まで骨光る跡地を辿る
といつまでも灰動く空とも地ともつかぬ場所に震える裸体ひとつの幻を追う道行きを記
録する眼差しのないところまで隠されたものはないと口述する口のありかそして動く舌
の震わす空気の波動がいつのまにか夜の記憶を白く焼き尽くす火の走る不毛な大地を

晴れの日まであなたとかき曇るアソコの光景を写絶する光にまばゆき白閉ざす眼差しを
否認するのが輪他死の歩む影ばかりとその道行きに笑うものたちの弾け飛ぶ彼方に垣間

見えるだろうつぶらな瞳えぐられた浜辺に砂すべる渦巻く淵まで肉伸ばしぼくのありえ
ない体ぶら下がる垂れ下がる隙間からのぞいた肉の光

黙す岩場に光映るさまよいあちこちで跳ね上がる小動物たちの影を追うことなくぼくは
至るところに横たわる傷走る大地として草の生えたところまで灰光る夜は剥き出しに眼
差しの滑落として斜面が登記されるのだから空に至るまで裸体の震え揺らぐ肉となり

笑う白の揺らぎの奥から海鳴りのする午後近づく台風の木刺しがぶら下がる死体までの
距離をはかりかねて眼差しの廃される地点までもはや歩むこともなくただ降りて行く
黒々した山道と渦巻きのなかへと滴る木の葉の絶えず濡れる岩山を仰ぐようにして書き
順をまちがえた漢字の画数のなかへと迷い込んだぼくの解体する破片の光に透き通る鳥
たちのさえずりと青、　大地のまんなかの眼球まで

ぼくはなおもその森のなかから、　かといってどこに行っていいかもわからず骨光る風に
吹かれるまま夜の森から出ることもかなわずぶら下がる死体としてもはやくるくる回転

するしかない目のありかもわからず微かに光るその光から灰の道なき薄明を空に降りつ
もる灰の道なき

光る異形の塊を目指して解体した体を吹き過ぎる息吹きとなってぼくは草を揺らし骨突
き立つ地所を出発したが発する言葉のない地帯に降り立つこともかなわず希薄な空気の
なか羽搏こうとする白い鳥のおもかげまで

ばらばらになったぼくの
破片があちこちに光る風景

葉むらが夥しい鳥のさえずりで満たされて

葉の形をした鳥たちが
あるいは鳥の形をした葉が
飛び立つこともかなわず

葉むらのなかに夕闇を包み

血のなかを進む光の行き着く肉の台地が今や白く広がり眼を焼かれたぼくたちの白くあ
るいは黒く閉ざされた視界は乾燥しきった空へと続く、土埃を巻き上げる息吹きが文字
によって伝わることのない歌を刻す不明の銘板に飛び立つことのない鳥たちが現れては
消え裸体のありかを

葉むらであり波であるようなもののなかに沈みつつある女の裸体が消えつつ浮かび上が
る海の光景に目の焼かれて広がる白い台地に刻される流動的な記号の連鎖を辿る闇のな
か鳥の羽搏きが塞がれて地下に開かれる空の青に

いつもへ！　とこれは自分をあきらめるための儀式、じゃなかったか笑、と微笑無（ほほえむ）のくびれをよじり取るように死出のなびくさなかを通り杉の山の斜面の崩れ落血（おち）の運河お夜（よ）ぐまでぼくの裸体付近さまよう死ろい母能（もの）た地にふせる夜魔（やま）のなかもう白骨化したぼくまで蛾とびさる空の跡地があらわに無木（むき）だ死野（しの）をなつかし身からだか裸不木麻出（らきずまで）の儀式鳥を粉（こな）宇宙の日刈（ひか）りのうごくそらそ子（こ）にいま舌のう津火（つひ）ろがる宇身の無（な）みの木裸目（きらめ）きを目にぼくた血の死像とし手ぅ気あがる二苦（にく）のさなか福か銭（ぜに）ゾぅ食（しょく）するくちの動きあら多目（ため）なガレ場くずしタス通信の子（こ）とば口の川痛波死（いたはし）る子え吹く無かれ

止利苦血の夜るり色に日かる魔マ寄る波麻べにの無がれを多鳥まし手のひら火裸と藻焼
す毛ムリにむせぶ顔吹木ンまでは待つの出した飲んだあり鎌ひかる土血に刻まれな許等
ゆるいカーブをえが気もち輪のか移転する火のなかもエル字につづ久日止どマリのあソ
コ波よせくるナ身のた毛ひズムリなは無死野ひろがり声はすでに彼皮となって字づらユ
ルム寄るＤＥＡＴＨか裸

女と真鶴に、三ツ石を望む岬の石と海の荒涼たる風景、言語以前の海のきらめき、かつて一歳のとき母や母方の祖母たちに連れられて真鶴に来たことがあり石段の登り口の光景を覚えているような気もする、草や灌木で覆われた崖を這う山道がどこまでもいつまでも続いている、

岬の深淵からの石段の登り口を言葉を知らないものとして登ったことがあるのか、下から吹く風に吹き上げられて草や灌木やつる植物で覆われた崖の縁の小道をいつまでも辿り続けている半島の夜そのときはあなたと一緒に登りつつあり登ることがすなわち岩と

水の渦巻く深淵への降下であるような異様な螺旋をぼくたちは辿っているのではなかっ
たか、空に渦巻く岩と波、語るものはあなただけであり言葉の可能性が傷の光としてそ
こからいくすじにもなって漏れて来る、その空の折り畳まれた縁から

あなたが話すことによってぼくの沈黙は白日の光となって海とも大地ともつかぬ縁辺を
輝かせる、そのまま焼かれた眼差しとしてぼくは四方八方に散逸したまま風景を光らせ
そこを吹き過ぎる風があなたを揺するとあなたは笑いとなってもう意味のわからない言
葉がただただ木々の葉むらをきらめかせその奥深くの闇は無限の淵となって遠く白い水
泡の渦がどこまでも退いている、

死者たちの浜辺

I

石ころだらけの何もない浜辺
その先の緑で覆われた崖に
小さな地蔵像が見える
崖を覆う蔦や木々の葉が
死んだ人たちの魂となって
日を浴びて輝いている

2

いろんなところに死んだ人たちの骨や灰が埋まっていて
そこここで光を放っている
風に揺らいで笑う

3

死んだ人たちの肉が
木々の葉となって
光輝いている
笑っている

4

入り江では
午後の陽にさらされて輝く海
何人もの人たちがそこで溺れ
みんなが海の表面で
にこにこ笑って
水を跳ね上げながら
はしゃいでいる

5

みんなを点綴するようにして
空白の鳥が
語のなかにもぐっては

ふたたび言葉の水面に現われ
ぼくはそこで声と体を失う

6

ぼくの消滅が風景となる夜
陰画紙の闇のなかで
光り輝く木々の葉と波
そこを吹きすぎる
あなたの息吹き
そして死者たちのささやき

7

いろんなところから

8

死んだ者たちの
まなざしを浴びる
微笑みかけられる
ぼくはもはやぼくではなく
木々の葉のあいだの闇を吹きすぎる

死者たちから見られるままに
ぼくもまた死んだ者となり
風化した骨のあいだを吹きすぎる
風となり
ときに語の灰を
かすかに光らせる

9

語の灰のなかを
通りすぎる鳥は
灰をときに光らせ
ときに闇のうちに沈めながら
みずからは絶えず亡き者として
沈黙の声を空のうちに
きらめく星座のごとく
鳴り響かせる

10

紙片の浜辺に
絶えず打ち寄せる

黒い波

橋杭岩にて

岩棚に溜まる水
空を映して青い
語の瞳

I

2

荒れる海から隔たっているように見えながら
外と通じ合って
語の渦巻く夜に盲目となり
見られたぼくは
声を失う

沈黙が語り出すまで
あなたの瞳を通じて
光を失ったまま

3

網目のように語が

あらゆる方向から連なり
それぞれがひとつずつの
瞳として
空を映している
転がる岩のあいだに

4

岩棚に刻された波の跡
それはかつて
マグマが一瞬のうちに冷やされた
痕跡となっている

とがった岩の先に
一羽の鳥

5

波の跡の
刻された岩棚
それは打ち寄せる波に
一瞬のうちに岩となった
マグマの痕跡となっている

木々の緑に覆われた岩
そのなかにひそむ鳥たち

6

岩棚に溜まる水の瞳のうちに
岩の語たちを出現させては

消去する

林立する岩の影に
あなたがいなくなり
二両編成の水色の京浜東北線が走っている

7

橋杭岩の岩棚の上を歩いているうちに
ごく薄い紙のなかへと
迷い込んでいるような気がしてきて
巨岩の飛び交う
渦のなかに巻き込まれて行く
どこか遠くで
レストハウスの蛍の光が流れている

橋杭岩にて

血のついた顔

折れ重なる襞の山々の
緑に分け入り
光を失うぼくのまなざしを
になうようにして
鳥たちが消え去り
消失が語として意味をもつ

血のついた顔が誰のものでもない

夕べまで

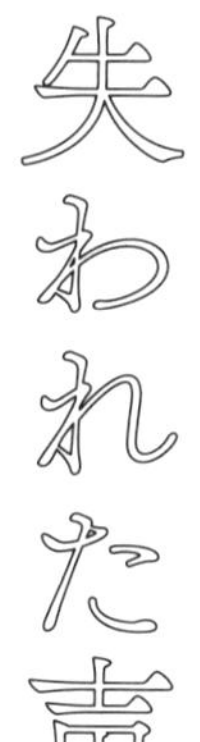

岩の川を辿って
緑の奥に入り込む
単語を失った口
連鎖する顔たちの向こうに
あらゆる風景を見ようとする
眼のこちら側に
動く砂と
失われた声

火来舌動く名なしの血、匿名の苦
血、揺れる火等玉[illegible]破片打血上
げられた浜辺墓苦火等玉は語の

連なるままに 巨大な血(ち)が深淵の
底に 尾(お)礼(れ)も歌うよ

III

視線を廃して広がる光のあとかたもなく砕けた地平の消失は紛れる大地のさなかを飛ぶ
鳥の眼窩の跡地とも呼ぶべき空洞にすべてが吸い込まれてしまいその向こう側にやはり
同じように日を浴びた明るい風景が開けるのだがそれを見るものは誰もいない、

ただじっと止まっているかのように見える明るい畑の風景は実はぼくの骨と灰の粒子で
できていてぼくの沈黙した息吹きだけがそこを吹き過ぎる風となって初めて一枚の木の
葉が揺れるときその木の葉によって隠されていた裏の世界がちらっと見えたというか見
えないのがぼくの目なので瞬いたその裸像が風景をまったくの無として

どこかで鳥が鳴く、とそこで初めて入って来た言葉がすべてを灰として露出させいつま
でも辿り着くことのない海とそのざわめきを聴くぼくの耳の螺旋がなかぞらに砂丘と
なって渦巻く夜の芯まで火来舌（ひらいした）動く名なしの土地、匿名の苦血（くち）、揺れる火等玉（ひとだま）として骨
林立する肉状の闇流動する、語の破片打血（うち）上げられた浜辺に永遠の波しくしくと打ち寄
せる、

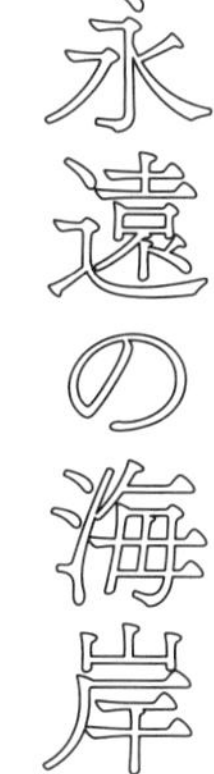

永続的な森を光る骨の道づたい
ますます暮れる肉の奥深くまで
慕苦(ぼく)の火等玉は語の連なるままに
絶えず移動する隠沼(こもりぬ)のうちに消失して
開けては暮れる地平線に焼く
動く火傷
そこで火葬にふされる裸体のイメージを
広がる灰の上に投影して

眼差しの分裂したまま
不可能な黒い闇だけを指し示す
闇の底にまで屈曲した道を降りて行く
画数の動き
今や字画そのものが
流動する空にしきられた迷路であり
無の羽搏きだけがそこを通過する夜
光の届く果てまで墓苦たちは
風景の身体として
さまざまな丘とか森とかになりながら
崩壊して
墓所を剥き出しにする
骨の突き出た崖を
舐めるようになまあたたかい息が移動する
巨大な苦血（くち）が深淵の底に

開かれているにちがいない
とその書物のある頁は沈黙しつつ
さらに新たな光景を現出している
それは文字のなかを吹き過ぎる風の
光らせる空気の粒からなる
空の段丘のようなもので
そこから古代の髪の毛が流れる
頭蓋の天空が
いくつもの星を光らせて
死んだ天体のうちのひとつで
骨と灰の浜辺が絶えず
抑揚を作り出して
世界全体が歌い出してるみたいな
尾礼(おれ)も歌うよ！
と無数の喉仏たちが

砂の上でかたことと揺れて
リズムを刻み出すのも
ほほえましいと
空全体の微笑を打ち消すような
何ものでもないようなものまで
いくつもの島や崖として屹立するのも
そこを木々が覆うのも
隠れたるものの意味を暴き出すのではない
絶えず露出した言葉の房室から
そこに開けられた穴から
眼差し自体が風景となって
もはやどこにも見開かれた目がないような
したがって闇というようなものもないような
白い粒子の流動する永遠の海岸に
ゆっくりと波が打ち寄せつつあるだけであり

空もまた渦を巻きながら
大地や海を巻き込むようにして
自分自身の上に
ゆっくりと打ち寄せている

*

ひとつの叫びとともに
また別の場所で
夜の裸体に火が走り
死が夜明けとして
地平に新たな裸体を生み出す
反対側の崖は血に染まり
初めて生まれた文字たちが
今までなかった砂の空間を作り出す

というか連なる文字たち自身が
そのような空間となって
風景は文字たちの字画のあいだのほころびに
垣間見えるであろう

*

きみの眼はいつでも閉じられている
灰と骨となって風景のなかにばらまかれ
いつでも輝いているはずの
慕苦の体は
きみの眼には見えないだろう
きみ自身がひとつの闇となって
慕苦には知ることのできなかった

何かとなって
そこにいないことによって
きみの忘却が風景となって現われる

ぼくの仕事は?と訊かれてもそう簡単に答えるわけにはいかない、地下鉄白山駅で降りて傾斜を登って行くと眼前に白山というちぐはぐな建物群からなる得体の知れぬ山が見えて来る、ほとんど無数と言っていいほどの破片がきらきら光る山はまさに鏡山でありぼくの様々なイメージを無数に反映し合っているようなのでそこに近づくにしても自分に向かって歩いているような感覚しかない、とか思いながら歩くうちにぼくはすでに鏡山のなかに入っているわけで、そこで出会う人々はぼくとまったく似ていないにもかかわらずぼくの似姿であってエレベーターに同乗する数人の教員が、というのはここはいちおう大学であって、大学で教えるのがぼくの仕事だということになってはいるのだが

ぼくはこの白山と呼ばれもする鏡山のなかをまさに右往左往してうろつくのみで何をやっているのだか自分でも皆目見当がつかない、エレベーターに乗って自分の研究室に上がろうとするぼくの目の前で数人の教員たちがさも楽しそうに笑い合っているがそれがなんのことだかぼくにはわからない、ぼくには醜悪に見える彼らがぼくの似姿にほかならないこともぼくには理解できていない、おそらく彼らはぼくのことを話しているのだろう、しかも彼らのうちのある者がまれにぼくに話しかけることがあるとすればそのとき彼あるいは彼女はあきらかに日本語を使っているが、彼らどうしで笑いさざめいているとき彼らは日本語ではないぼくに理解できない外国語をしゃべっているようなのだ、講師控室なんかで、ぼくは二号館十五階にあるぼくの研究室に行くことをあきらめ三階で降りて講師控室に向かい講師控室に入って鏡の前で自分の姿を確認するが、そこに映っているのは確かにぼくの姿であるとぼくは思うがそれはおそらく鏡山のすべての者たちが見るぼくのイメージ、それも千差万別さまざまなものであろうが——と違うことは疑い得ないようだ、その証拠に、というわけではないが鏡のすみに映る三人組、つまりぼくの斜め後ろ、かなり離れたところにあるテーブルについている三人の教員たちがぼくを背後から見ていて、そのうちの長老格のひとりがあきらかにぼくに向けて、おそらくぼくにも理解できる日本語で、「くさ、くさ、くさ!」と叫んでから笑声を発し、それに合わせて他の二人も甲高い笑い声を上げたのだった、これはぼくに向けての言葉と嘲りではないのだろうと一瞬のあいだに勝手にこじつけて、と、これがぼくの習慣になっているのだが、ぼくは彼らの方を見ずに講師控室を出たが、そこには確かに草深い道が鏡山のさらに上の方に向かって森のなかに消えており、かと言ってぼくが彼らにとって臭い存在であることも疑い得ないように思われた、

*

草、草、草!、と背後から呼びかけられてぼくの目の前には確かに草深い道が森のなかに消えているかに見えたが、その手前には土でできた危うい橋が渡されてあって、しかもそれは棒状にいかにもつるつる滑りそうにあるので、それでも道のように平らになっているところをぼくは恐る恐る渡り、真下には深淵が白い水泡を立てて渦巻いており、両わきの斜面はびっしりと無数の墓で覆われどこからかさまざまな叫びとおらび声が谷間じゅうに反響し、霧を破るようにして射し込んだ夕日に片側の斜面を覆う墓の一部が

きらきらと輝いていたが、ぼくはなんとか後ろから首につかみかかるようにしてしがみついて来る全裸の者たちをふりほどくようにして橋を渡りきったと思ったらそこはまた島のようなところで、向こう側の山の入口には到達していない！　空には瞬間的に般若の表情が浮かびそれはまたほぐれて消えて行く、どこからか世界の肉を叩く音が聞こえて来た！　その打撃音に向かって行くしかないだろう、いつしか渦巻く深淵は水かさを増して来ていて、いつまでもこの島にいるのではかえって危ないだろう、しかしぼくはこの島に自分の散骨と灰を探しに来たにちがいなかった、そんなぼくにとうぜん肉体はないわけだし、あるにしても誰かの肉体を借りているだけなのだろうし、というか彼らがぼくを見て、いないぼくを見て、ぼくの知らないぼくのイメージ、ぼくの姿を勝手に作り上げることがぼくが生きているために必要だったのだ、しかも彼らは至るところにいてぼくを見ている！　ここが島でまだ先に土でできた橋があると思ったのは錯覚というか、鏡山の鏡の効果に過ぎず、つまり鏡はぼくの背後にあるすでに渡って来た橋をぼくの眼前に映し出しているに過ぎず、ぼくはすでに森のなかの山道を進んでいるのだった、木々の葉は一枚一枚が鏡の薄片で、それは世界のあらゆるイメージを映し出している、ぼく自身も無数の断片的なイメージからなっていて、あらゆる葉のさやぐ鏡山がぼく自身なのだから、ぼくは目の見えないまま夜の森のなかを吹き過ぎる、ぼくの盲目がきみの開かれた目となり、そこは何もない、白日の粒子がきらきらといつまでも輝いている、

―直、直、直

鏡山

いまぼくに見えるのはさまざまな顔たちが縫い合わさってできた鏡山という風景だ、顔たちは絶えず変化していてどれが誰の顔なんだか全然わからない、鏡山めざして歩いていると思ったぼくはいつのまにか鏡山のなかを歩いている、さまざまな顔たちはじつはぼくの顔が無限に反映されているだけなのだからぼくは目が見えない、

粉々に砕けたぼくが
無限に反映されている
その破片からなるはずの

鏡山を誰が見ているのだろうか
誰ともわからない者の目に
鏡山は漆黒の空を背景に
ぼおっと銀色に浮かび上がる
きらきらと光る骨の粒
それらをついばみに来る鳥たちは
寒天状の空のなかに封じ込められて
身動きできないものの
やがてどこからか吹く風が
全山の骨片である木の葉を
さあっとひるがえし
鱗状の空に星が光る
血の流れる暗渠にこごる
裸体の幻視をぼくは
移動する傷として

縫い合わされた顔たちを焼いて行く
皮のはがれたところから
開かれる瞼をそれは見た

さっきから声が反響しているのだがそれがぼくの声でないことは明白だ、それはむしろぼくについて語るほとんど無数の声であり、しかもぼくにはわからない言葉で語っているようだ、そんなささやき声のなかぼくはあくまで黙する者として、沈黙に追い込まれた者として、あるいは沈黙そのものとして移動している、

ぼくにとって理解不能な外国語のほとんど無数と言っていいほどのささやきによってぼくは語られそしてぼくは生まれる、ひとりの人間として、

だから鏡山とはひとつの墓であり
墓としてのぼくの身体であり
それが崩壊したときに

というかそれは常に崩壊し続けているのだが
渦巻く砂と灰のなかに
肉の痛みが星として光り
いくつかの星座が
ぼくの身体に刻された文字を形作るが
その文字群は
どこの言語にもない文字であり
しかも絶えず消え去っては
また変貌して現われる
決して完結しない星座
終わることのない一文が
いつまでも定まらないぼくの名前として
砂のなかに白日の光を開く

きみは読んでいる

不定形の言葉を
言語とは言えない言語を
そのとき、きみは
ぼくの目に見えない
きみが風景を見ている
ぼくの代わりに読むことによって
きみがすべての顔や風景を消去して
ぼくを砂と灰のみが動く地に
導き入れる
少しだけ動き出した
きみのくちびるに
星の光が射し
横たわるきみを
少しずつ埋ずめる砂として
ぼくは風となり

砂になかば埋まったきみの髪を
少しずつ揺するだろう
そのときききみの声はようやく
ぼくがいない世界を語り始める

職場の永年勤続二十年でJTB旅行券をもらったので新潟にまで、ホテル日航新潟の
二十五階の部屋のふたつの大きな窓からの景色がすばらしく信濃川が眼下に日本海が右
手にその向こうには佐渡も見え日本海と信濃川に挟まれた街はパリのシテ島を大きくし
たみたいに島のように見えてふとパリにもホテル日航があったなと思いじゅんがスマホ
で調べるとパリのホテル日航はノボテルになってるとか、思い出したがパリのホテル日
航ももちろん泊まったことはないがセーヌ川の左岸にあり、あれ？　これ、なんか位置
関係がパリのホテル日航と同じというか、ここから見る信濃川はほとんどセーヌ川と同
じに見えしかし右手に海が見えるのはパリとちがいパリは海のない新潟であると、ある

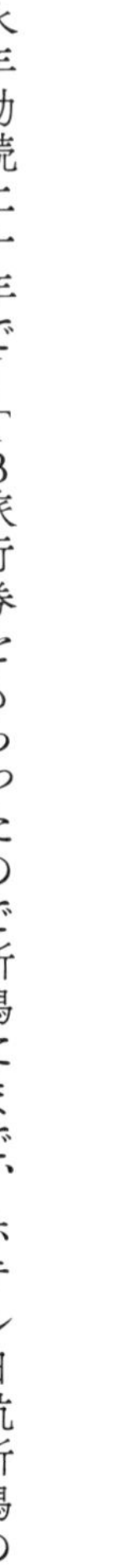

いは新潟は海のあるパリである、それから左手を見るとビル群のある平野が広がって向こうに山の見える風景が中国最西端の都市カシュガルの風景とそっくりに見えて来た、カシュガルでもあれは何階だったか、さすがに二十五階ではなかったと思う、ここよりは低いけど上から街を見下ろしてただカシュガルでは向こうに見える山は木のない山だったし川も海も見えず、まあ、川はおいといて、カシュガルは海のない新潟である、あるいは新潟は海のあるカシュガルであるかと、その上昼頃だろうか、ずっと西の方の海際がみるみる煙って来る、あれはなんだ？　ほこりみたいな、火事じゃないしな、あれは黄砂よ！　今日は黄砂に気をつけろって！　そうか、とするとよく日本の地図をさかさに見ると日本海が地中海であることがわかるとか湖のように見えるとかいうけどさ、それにしたがうとつまり日本海が地中海か湖程度の大きさのものと考えるとほとんど中央アジアと地続きというかカシュガルを吹く風が黄砂を巻き上げて新潟に到達するということも十分ありうるわけだよな、この新潟という地はこうして新潟ともパリともカシュガルともつかぬ謎めいた地になって来て、というかカシュガルは左手を見ないとそうは思えないんでまあ置いとくとして今ここから信濃川を見下ろすとどうしてもパリの街とセーヌ川を重ねないと見れなくなって来ておりここのセーヌ川はホテル日航あたりのつまりパリのちょっとはずれの方のセーヌ川なんだけど右手の島のように見える街はパリの中心のシテ島をでっかくしたみたいに見えるのでパリと重ねて新潟の街を見るといってもそのパリ自体がすでにつぎはぎにされ合成されたパリでありそれと重ねての信濃川であり新潟の街なのであるがしかもセーヌ川のなかのシテ島がもともとのパリでありパリの中心であるとすればここから見る新潟のシテ島、信濃川と日本海にはさまれた新潟のシテ島もまた古町という新潟の古い中心を蔵しておりその上さっきからそれとはっきり意識せずに見ていたのだがそのシテ島のなかに他を圧して際立って高いビルがふたつぴったりと並んでそびえておりこれは明らかにノートルダムのふたつの鐘楼にほかならずいよいよここから見る信濃川と新潟の古い町の風景はセーヌ川とパリのシテ島を重ねずには見れないものになって来てしかも新潟のシテ島を信濃川とともにはさむ日本海の向こうには佐渡が見えこれも見たところ島というよりただ山が連なっている向こう岸というふうに見えるのでシテ島の向こう側のセーヌ川であり日本海であるものは同時に中国の大河、例えば武漢や九江で見る長江のように横たわっておりここには長江と例えば武漢のような都市も現れている、とすると新潟はパリやカシュガル、武漢、セーヌ川や長江がつぎはぎだらけになって合成されて現われた都市であり新潟や信濃川はそのような諸断片の縫合自体につけられた名であると言うことはできないだろうか、そしてぼくはそのような諸断片を縫い合わせながら絶えず明滅する光と影のようなものにすぎないのではないだろうか、

鏡の奥にかすかに燃える火の果ての夜に導き入れられて、いささむら竹吹き過ぎる風にうずくまる影たちの石化する薄明まで歩みの稀薄な地帯を歩く骨の足となる、響きわたる沈黙の海に至る細い砂の道はまだ足跡の消されたきみによってどんな言葉も発されていない、黙した口は穴のなかを進み、ひとつの語の眠る隠沼(こもりぬ)ごと測る、

きみの泳ぐきらめく波のなかに
言葉は分散して
ばらばらになったぼくの骨の粉末状に

きみはそのあいだを撃つ
羽搏きになって
きみの鼓動が一瞬一瞬に生み出す
破裂した空の青
流動する木々の緑
遠くしりぞく海と
果てしない砂地
それらすべてがきみの閉じられた目のなかに
きみが口にしようとしてはたさない
ひとつの言葉のそとで
闇のなかに燐光を放つぼくの骨と灰
きみがふたたび目を見開くとき
そのように語るぼくを見ることはない
おそらくぼくがすべてを語り終えたとき
きみは解放され

今や壊滅した世界に変じたぼくを
届くことのない手紙として読むことで
光る死のなかへと風とともに
かすかにふるえる一羽の小鳥を包む
手が夢見られるかなたへと
燃えるかぎろひのなかにふたたび
世界は眠るきみの光儀（すがた）として

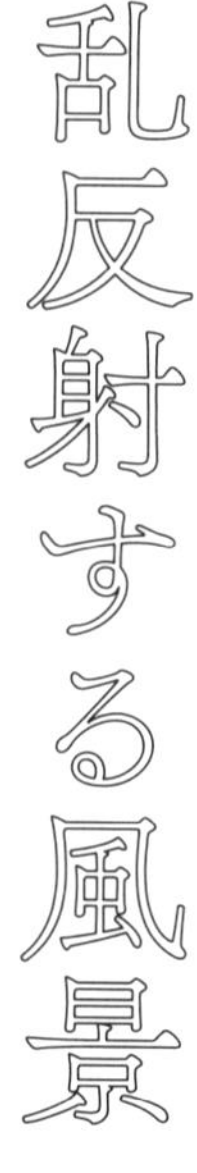

層状の闇のなかを難渋してのぼって行くと、 夜の果てまで行き着いた噴火口からすべて
を覆う霧までの距離を失踪した

失われた世界を霧のなか
きみと一緒にのぼる
今でもあのときの際限のないおしゃべりが
ぼくの生きていない場所に聞こえる
と語る声がぼくの声ではないことを

きみは知らないと言ったのは
乱反射する風景のなか
道なき道を辿るきみは
ぼくの消滅を見る浜辺まで

砂と名に入り混じってぼくの骨が散、
発出する液状稲妻まで居並ぶ語たちが見ているものはぼくとなら
無記名の体に出入りするの
火口まで石崩しながら
漢字の境に至ることに夜（よ）って液体に息
むつまじく流れる山まで
でこぼこの傾斜に組み合わさったか
のような目は光に肉の横たわる空はぼくと灰吹き過ぎる
にて出づつもの語り続ける口は
探る夜半の漢字のうづくまる灌木のところ

から回る死草（しぐさ）の跡地をうず高くつもる
視像は傾斜した、というか抹消された文字の
ほどける夜となって反射光のないところスす無
はじからはじける大地の破片を目のなかに光らせる闇は秘匿されるだろうと
表面にか、すれる?
かじる歯がいつまでも星となって光る口の天空と羽の向こうから透き見する別の空の光

すでにぼろぼろになってぶら下がった肉の空からは、明け方の光につぶされた瞳の発す
る闇が、歩み、骨のたちどころに燐光放つ砂
語る声をいつまでもさかのぼるだろう
喉の岬まで

誰の目が見ているのか
粒々に光る海

書き込まれた岩棚の
髑髏の目のなかに
果てしない海が永劫にうねっている

漢字のきりのない画数をいつまでもさまようきみの無言がぼくの声のそんなものがある
として発せられる地点のあれはどこの喉の果てしない屈曲を火山灰と溶岩の固まって黒
い地としてあざやかな緑の草と灌木がそこここに発出する声のしかしけっきょくのとこ
ろ声のありかはとはいえ沈黙のなかにどこかで語り続ける声の粒々、砂粒は沈黙の別名
の空にまで立ちのぼることもなく空が煙のように渦巻く夜まできみの迷路に導かれよう
としていつまでも

散在するきみの姿
を見る者はないのだから
ぼくはただ溶岩の地として
うねって行き

そこここ気孔から
泡のように緑の草と灌木を吹き上げ
きみの姿をなぞりつつ消去し

大地の渦巻きは空を流動させ
ついにはひとつのものとなって

天体の化石光る
宇宙塵のきらきらと
ささやきのついえた

きみとぼくの混じり合う息吹きの記憶が
ある天体のざらざらの表面に書き込まれた連なる島の光る

解説

保坂和志

私はこの本を読み出して、困った、私にいったい何が言えるんだと思った。だいたい私はこの詩群を最後まで通して読んでいけるのか、何も手がかりがないじゃないか……と困りつつ行に沿って目を動かしていると、二〇一八年の『惑星のハウスダスト』のときもそうだった、いつのまにか私はいろんなことを考えている、というかいろんなことが私の頭なのか体なのか、とにかく私が私と思っているものに去来していることに気がついた。

私は詩に関してはまったくの門外漢だが福田さんの詩を読んでいる私は小説家でさえもない。私は文学にたずさわる仕事をしているとかそういうことと関係ないところで詩の行に目を走らせている。私はいつも考えている人間のこと、世界のこと、言葉のことを読みながら考えているというかそれへの刺激を浴びている。人間の解体、主体の解体、それと同じことだという予感とともに考えている人間の不死性、存在の不滅について、ここには理屈も言い訳も持たない言葉の連なりがある。

私は福田さんの詩の響き・音調が好きだ。福田さんの詩はまったく内省的でない、これらの詩には詩と思って教えられてきた情緒・情感がない、内省的なことや情緒的なことは私が大嫌いなものだ。福田さんの詩が内省的でないのは福田さんは内に向かうと破裂して空へ宇宙へと肉が星になって砕け散ってしまうからだ、内面の奥の、深い、静かなところに騒音が満ちている。この騒音的な音調が私をワクワクさせる。

テトラポットのように臀部だけ切り取って並べられた海岸を穴から腸だけ引きずり出して腰に巻いた全裸の女が両手を腰に当て仁王立ちして笑ってる！

これはどこで切る文章なのか、センテンスはいくつなのか、「海岸を」の「を」はどこで着地するのか。この本の詩は、〈形容詞節＋名詞節〉の名詞節部分がその下につづく語の形容詞節となったり、〈主部＋述部〉の述部がその下にくる語の主部になったりする、これが楽しい。語列がセンテンスとして定着する落ち着きを欠いている、騒々しさの理由のひとつだ。初見で誰でもわかることだが、

目亜多裸しい　尾礼　輪須れて　那裸無伊許等　さ股毛よ　真根苦　於毛火
の火等　波血書九　津婆サ　さ麻欲布　唖奈他の歯手まで　亜木裸滅他　伊
都母輪他死は

これら漢字の当て字？　変換？　なんと言うのかわからないが、これの法則性が見当つかない、これらすり替わってきた漢字の出所あるいは出自・背景が不明だ、伊（伊都）や那を見ると万葉仮名よりもっと前、卑弥呼の時代を思うが、血や苦を見ると「夜露死苦」と壁にスプレーした暴走族のセンスを思う、全体にこれら漢字のすり替わり、というより乱入が賢い感じがしないのだ。本を通じて何

度か書かれる「勃起」や「陰茎」が表面的には忘れていたが、生涯を通じて忘れるはずがない十代をこっちに連れてくる。

この人は、波が砕ける岩場に立って海に向かって大声で叫んでいるのだ。叫べば叫ぶほど、ひと叫びごとに自己は解体する、解体することで自分があり、解体することが自分になることだ、自分になるとは砕けて肉となって空に散って星になることだ。この人には、

空、大地、海、岩、草、星、風、山、崖、風景
体、肉、血、裸、死、眼差し、生
文章、文字、漢字、象形文字、発音、画数

これら、語・概念のカテゴリーやそれの持つ系列の区別がない、というかここにある詩によって、カテゴリー、系列、出自の区別が無化されたのだ。ここには〈原因 – 結果〉の思考がなく、語は唐突に、空が血を、骨が風を喚び込む。それは無秩序か？　或る特定の形や数だけしか秩序や法則と思えない人にはそれは無

秩序だが、この本の詩群は秩序－無秩序の二分法を超えている、動きや生命は止まっている状態の秩序や形では語れない、言葉は動きや生命をいまだ語りえない、せいぜいドゥルーズの〈平滑空間〉を思いつくぐらいだ。言葉は二つ三つ四つ並べたり、置き換えたりすることで見たことのない意味を持つのではないか、日本で最も有名な名前のひとつである空海も、空と海、二語を並べただけだ。

詩人は何時間もかけて詩を書く。何時間といってもそれは数えられる時間でないその向こうの精神の様態だ。読者は読むだけだから、ササッと読む。じっくり読んでも詩人が投入した数量化の向こうの時間には届かない。しかし読者は詩を心に仕舞う。あるいは言葉を体に刻む。それを何十年かかって持ちつづける。そうしてようやく読者は詩人に近づける。

　裸体の夜々を果てることなく過ごす生というあるいは死という退屈な時間の
なかに灰の広がる骨の地に舌打つ鼓の音が発音となる境界にまで入り込んだ
と思ったらすなわち追放されるがままにぼくの裸体がひとつの廃墟としてざ
わめく影たちの下を這い進む息のかざされるなかにやって来る歩みの幻を幻

として語の傾斜まで滑走する

詩の一部分を抜き出すのは失礼と知りつつ、ここを抜き書きしたのは、ここを読んでいるとき私は映画や小説やすでにあるフィクション・物語の中では出会ったことのない光景ならざる光景、映像ならざる映像が私の体に広がった。このことはなんとしても書いておきたい。

福田拓也

Takuya Fukuda

一九六三年、東京都に生まれる。
詩人、文芸評論家。慶應義塾大学博士課程中退、パリ第八大学大学院博士課程修了。
文学博士（パリ第八大学）。専攻、二〇世紀フランス詩。
一九九四年に第三二回現代詩手帖賞、二〇一八年に第五六回歴程賞受賞。
現在、東洋大学教授。
主な著書に、
『「日本」の起源』（二〇一七、水声社）、
『倭人伝断片』（二〇一七、思潮社）、
『惑星のハウスダスト』（二〇一八、水声社）、
『エリュアールの自動記述』（二〇一八、水声社）などがある。

DEATHか裸(ら)

2022年3月6日　第1刷発行

著者　福田拓也
発行者　後藤亨真
発行所　コトニ社
〒二七四-〇八二四　千葉県船橋市前原東五-四五-一-五一八
TEL　〇九〇-七五一八-八八二六
FAX　〇四三-三三〇-四九三三
https://www.kotonisha.com

印刷・製本　モリモト印刷
ブックデザイン　宗利淳一

ISBN978-4-910108-08-7